グロッキー

藤井晴美

目次

見返し写真　知念明子

グロッキー

空の染み

フィルムが
ゆらゆら回るように
太陽は
揺れて

次に
どんな風景が
開けていくか
無口な
ぼくの好奇心は
だまされたように
道を透かし見ていた

いつも通る道が
はじめて見た道に
見えた

サングラスが
汗をかいている
地面は濡れる

あの子は
あの道から
あの子の周りが
輝くあの道から
さっそうとやって来る

ぼくの切実な君

君を絞め殺したくなる夜がまた来る
大きなまつ毛をつけて
一万円札のような
マントでできた
濁った空間に
ぼくは鼻血を流したいんだ
それからすぐそれを
顕微鏡で見るんだよ
その中に君の目が
一つ落ちていたら完璧だが……
君はぼくの無意識に向かって
いやらしく指で突っつくんだろうか……
死の中に鉛筆が刺さって

その端にやはり君が
舌を出してぶら下がっているんだよ
だから
君は絞め殺しても笑っている

月光

ペンを持つ右手の指がぼくのしなやかな左手の指と見分けがつかなくなるほど、ゴツゴツに骨ばって太くなるほど、奇妙に変形するまで書きたいんだ、酷使したいんだ！　あの瞬間のぼくをぼくはまざまざと見ることができる。

ぼくは羽ばたいていた。

厳かにその時は来る。鋼鉄の廊下をつたい共鳴しながら、空を割りながら、釘を微分する、釘をあらゆる天体よりも重いものにする。女をねじ曲げ、空間をゆがめ、その中へ太陽たちを落としこむ終末の棍棒。

君の胸の中にある、あの銀色の針が電気を散らして君の胸をやわらかそうに作るが、ぼくの妄想だ。確かなのはぼくがその針を口蓋から脳に突き刺してしまうことだ。決して現実にもどれないために。身体だけは現実的であるのに、ぼくの脳に鉄条網をはりめぐらしてしまうためにだ。

瀕死の横たわる男。別の男が助けにくると、そのぐったりとして死にそうな蒼白な男の陰部が突如、あふれ出る涙と共に女性器に変容していく。そして一種の性交によって男は息を吹き返す。

わかったか!

二十歳の練習問題

返信　牛込　昭和50．3．10　株式会社初潮社

御葉書拝見しました。

小社の場合、予め玉稿を拝見した上で、検討させていただいております。(無名、有名ということはありません。)

費用は、頁数、部数、判型によって、いろいろですので、いちがいにいえません。ふつう、B6、100頁前後で、200部30万、300部33万円ぐらいです。

メス井猿美様

御返事遅くなり、申し訳ありません。

簡潔な表現で、ユーモアもあり、現代の枯渇感もよく掬いとられていて、なかなか魅力ある詩篇が揃っています。ただこのスタイルだと、詩集の形でかちんと出すより、タイプかガリ版の仮綴で出した方が、より衝撃的ではないでしょうか。小社の場合は、出版社なので、やはり型のぴちんとした詩集になってしまいます。自分で、手づくりで、作られた方

が、この作品群の魅力がいっそう発揮されるような気がいたします。
一応、作品を御返送しておきます。御検討してみて下さい。

八月十六日

株式会社初潮社

もっとも日頃から母はしょっちゅう具合が悪いと言って寝込んでいたので、食事などは適当にとって終わりだったが。カエルの卵と葱のひげのような食事。それもあってかぼくは食が細く、ぼくには体力や気力があまりなかった。……あれから十一年。

「存じ上げておりますよ。新人欄にいつも投稿されて、入選も確か何回かされて」などと弁解した。

(十五歳から投稿していたが、万年第1次選考通過だったたじゃないか)。

その男は「社」が三つもある株式会社初潮社取締役社長(だから社長ではなく車長ではないだろうか)大田急郎と書いた名刺を差し出した。その男が大田急郎だったかどうかはわからない。オールバックのやせた長身の男が大田急郎だったかどうかわからない。

そんなふうに本人は思っているようだったと、編集室の角の机に座っていた若い男は言った。

迷惑！

ここに来るまでの新幹線の中では、彼はまだあきらめてはいなかった。新幹線は既に、鉛筆のように東京に突き刺さっているかのようだった。鉛筆で描いたような新幹線と東京を走らせてみた。「君はペンで詩を書いているんじゃなくて、字を書いているんだよ。わからないか」。

大田に言われて、徐々に気が遠くなりそうになったがなんとか持ちこたえたが、とどのつまり、これらの光景を二十二世紀から覗いている男がいた。同一の時空ではないので、見るではなく覗くになるかな。

そうか。夜の向こうがあしたの朝だ。その向こうが昼につながっている。植物のように空間がずっと続いているのだ。それは、二十二世紀の男へとのびていた。

ある日彼は、世界を変える詩集を世に問うことになると啓示を受けた。潮の満ち干が思考を奪取させる時、そこを横切る者がその出版を担うだろうと。

「これは評判になるでぇ」と足の悪い、自分も詩を書くのが玉に瑕の印刷屋は代金十五万円を受け取ると、盗品でもあるかのように玄関前に投げ捨てるように詩集三百部を置いて行った。

ちょうど公休だったある日、彼は思い立って新幹線に乗った。市谷はスモッグで目の前の空気がかすんでいるのがはっきりわかった。いや、スモッグじゃなく、人の発している言葉で曇っている。いきなり訪ねたが、ちょうど運よく社長に出くわし、詩集を手渡した。「ほほう、いいものができましたね」と社長はそれを手にするや、すぐさまもう詩集のことなどすっかり忘れたようにそそくさと去って行った。

これは、Aの演歌のように美しくないぜ。オイ、気をつけろ。

睡魔が、拡大された輪郭線のように私を曖昧にしている。

切断された胴体のように、失われたその先がわからない。

あー、もしもし、これ、どういうことなのか説明してくれる?


そうか社長を刺す傷害事件を起こしたのだ。だから誰からも相手にされないのだ。しかし、それにしてもその後詩集をよく出せたものだと彼は思った。いや、刺したのは二回目の上京の時、詩集を社長に手渡した時だと思う。しかし、ぼくは逮捕されなかった。一種の超知性による完全犯罪だ。いや、傷害じゃなく、おのれが障害というような種類の爆弾を食らったのだ。

ちょうど家の中にある仏壇や神棚が、あたかも自分自身の知りえない部分がそこにつながっているかのような起源や来歴に通じる祖先の陰部であるかのように、お祓いをして大田急郎を詩の中に埋葬した。それが詩集の出来上がりだった。

「これは詩ではない」と大田急郎の塩化ビニールのような生霊は言っていたが、後の祭りだ。

彼は受け取ったのだから。

とりあえず詩集『おおぼく、クリスティーヌよ』の原稿を送ってくれと言うので、ドンと重たいやつを送ってやった。すると、このバカ（大田）、すぐ反応しやがった。ぼくも退屈なものだからわざわざ東京まで行って、虹色に発光するニクロム線が絡まったような顔をした本人（大田）に、ぼくに寄こした手紙と同じことを言わせてみた。

そんなのだから、ぼくはあいつ（大田）を釜でゆでて、紙に塗りこめた。もちろん熱湯は嫌がってあいつをペッと吐いた。しかし、紙のほうがもっと嫌がって悶えて丸まった。紙がかわいそうになって一層のこと、詩人のぼくはビリビリに破いて捨ててやった。

とりあえず爆弾破裂で文章が誤植しちまったよと破滅弁解するか。

ゲラ刷りをざっと読んで間違いないと思ったが、念のために原稿と逐一照らし合わせていくと、そこら中に誤植が見つかり、それを訂正していくと、全く別の作品になってしまっていた。そこは一線を越えた恐ろしい世界だった。障害者になったぼくの世界。これって、この印刷屋が書いた詩になりかけているじゃないか。

人殺し！　ぼくはそれをこの本（原稿）の中で作りだそうとしている。あの世の開口部である仏壇や神棚という存在のように。まるで現実をその中におびき寄せる小説性の入口のように。大田急郎を仏壇の中におびき入れる。八百長変換した死の字。

ぼくの粗末な、夏だというのに冬物のヨレヨレのズボン（当時ぼくはズボンというものは一年中同じものかと思っていた）を見て大田急郎は即座に言った。「私のところでは無理です。……なんなら虫王公論を紹介します」と。

「ウチの名前を冠するより、こういうものはご自分で出されたほうが、自身の手づくりでやられたほうが処女詩集としてやはり迫力が違う。みなさんそうですよ」と言って大田は体よく断った。

発話困難、この詩集はそんなハンディキャップを文字通り負わされていた。

しかし、初潮社の電鉄詩に斬首されたように轢かれた人々が累々と、今死んだ、あるのはそれだけだ。

それとも、精神障害者と見なされたことも大いにありうる。しかし、それにしてもなぜ？と思い、青年はシクシク泣いた。

「有力な詩人の推薦でもあれば話は別ですが、そういうものがない以上、ウチも出版社ですからね、そこはわかっていただかないと」と小声でそっと耳打ちされたような気がするが、あの生臭い呼気が、もうはっきりしなかった。青年は、ここがどこかわからなくなりかけたので何も言わずに帰った。

こんなものは嘘がないからハイリスクで出せないと判断された。ウチは出版社だよ。私は詩の商人だ。

逸脱か、滅裂か、詩の表現とは何かを改めて考えたい。（「詩学」昭和５１年３月号３１ページ下段７行目から１０行目）

る。盛り上りがほしい。藤井晴美詩集『おおぼく、クリスティーヌよ』（自家版）思考の

いや、荒地に一大電鉄詩を敷いたこの私が。あの世からまっしぐらにレールで繋がっていた電鉄詩だぞ。

第１次選考通過線で切り捨てたこんな首切れ詩集を誰が。

作者に無断だが引き延ばしたゴムの鋳型だから、

核封入体のような投稿詩。

気違い！郵便局へ行け！窓口で白い手紙の手が待っている！こちら、こちら。いいところへつれてってあげるわ。永遠に、永遠に、手をにぎって！この四角いくぎりがあるでしょ、そこで待ってて。なにしてもいいわ！白！どこ⁉どこ⁉ぼくはぼくはまあるい線をかいて陽が暮れた、陽が暮れた、から帰れ！気違い！ああ、あまりにも最果ては広い！広い！またぼくはモグモグと口から髪の毛とか、乳を吐かねば！ならない！愛！と叫んだが、書いたが、機械だ！敵だ！人非人だ！アー、アー。復讐すること。焼くこと。破メッ！が、ぼくはソレを愛好しておるよ！ハハハハッ！なんという喜びであり、おのれの顔をずたずたに切りつけ、目玉をえぐり、鼻を切り、耳を切り、口を切り、頭から塩酸をかぶり、指を切り落し、手を切り、腕を切断し、足をえぐり、切りきざみ、切断し、おのれの醜い顔を写真に撮り、家族や親類に配り、できるだけおのれの風体をできるだけ多くの人々の目にさらし、なおかつできるかぎりの生きる努力をし、絶対に気違いにはならず、不確定多数の同情を拒絶し、全人類の愛をも受けつけず、またおのれを絶えず刃物で切りきざみ、口の中をぐちゃぐちゃにカミソリで切りきざみつづけ、ハンマーでなぐりつづけ、まだ堪えることができるイチジクは魂だ！

（「二十歳の練習問題」部分）

大田急郎様

貴方にお会いしてから考えてみましたが、もし貴社から発売されないのだったらもう永久にわたしの作品は残らないという気がしてきました。手づくりで仮綴など今時はやらないのではないでしょうか？　今のわたしは全く無名で、作品の方は少々御口に合わない詩篇かもしれませんが、いかがなものでしょうか、まことに厚かましいのですが、できましたら貴社の単行本として出していただきたく思うのです。どうかもう一度お考えになってください。

又、その場合詩集本体には本原稿とは全く関係のない「味の素」や「マルマンガスライター」、「キリンビール」、「交通公社」その他の広告をいれてくださってもよいと思うのですが。

貴社の出す条件通りにいたしますのでどうかお願いいたします。

ご返事をお待ちしております。

メス井猿美

ホルマリン漬けの胎児のような顔をしたぼくの陰茎。

私は勝ったのだ。

困難な物語

真夏の渋谷ハチ公前、午後七時三十分。

土倉と会うのは一年振りだった。前回もここで待ち合わせたがこんな所じゃなかった。今や日本人より外国人の方が多い。人種は正確には分からない。奇異な羽飾りをつけた仮面たち。むんむんと立ちこめる熱気と違和感。土倉が時間ぴったりに来ないことに私はイラついた。こんなところで待ち合わせるのはもう御免だ。できれば早く飲みはじめたいと思って、私は七時十分にはここに着いていた。

土倉は、七時三十三分に私に声をかけてきた。私は不機嫌な気持ちを抑えて、今度会う時は、高校時代土倉も私も時々行っていた駅前の括弧という古本屋にしようと駅の方に腕を振りあげた。行き交う車の騒音と雑踏のどよめき、ビデオ看板や立ち並ぶ店から出る大音響が渦巻いて、大声を張り上げなければ話ができなかった。

この崩壊魔の圧力から犯人がひねりだされる。ひゃんにん、いやイャー人とはすなわち、大爆発寸前のビニール傘のことなのだ。ここに犯人が紛れこんでいる。全身の震えと冷汗の、呼吸困難の、パニックに。つまり、殺人犯と二人っきりでエレベーターにでも閉じ込められた時のような離脱症状が私を襲った。もう飲むしかない。このままでは自分で自分の腕に噛みつきそうだった。

エントロピー減少のための祈祷。干からびた時間の中で私は耐えていた。宙づりのエレベーターの中。


突然二階の精神科に上がってきた私に崩壊魔は驚いた。これから救急で診察だという浅黒い顔の若い男は、立っているのもやっとといった感じでふらついていた。どうしてここに上がって来たのか分からなかった。階段はつるつるで、落っこちそうなほどよく滑った。これじゃ階段で一階の診察室自体が一つの仏壇であり、その奥は、不思議なことに「竹蔵」という豚カツ屋の座敷には行けないと判断した崩壊魔は、階段横のエレベーターを利用することにした。私をエレベーターに誘導して、エレベーターが降下しだした直後だった。いきなり私が、思い切り二回飛び跳ねたためエレベーターは約一メートル降りたところで停止した。崩壊魔は急いで非常ボタンを押し、守衛にエレベーターが止まったことを伝え、救助を依頼した。それから一時間半以上もの間、崩壊魔は、ついさっき自宅で暴れて家をめちゃくちゃにして母親に暴行したという私と二人っきりで、この小さな箱に閉じ込められるはめになった。

私は狭い室内を動き回って落ち着かなかった。常に何か言っていたが、良く聞き取れなかった。私は、壁を蹴ったり、手すりによじ登り天井のハッチをあけて外に出ようとした。

崩壊魔は危ないからやめるように言ったが、強くは言えなかった。崩壊魔が私の脅威になったらそれこそ終りだった。こんなところで死にたくはない。まさかこんなことになろうとは一分前までは考えられなかった。

崩壊魔は透明人間になろうと、白っぽい上っ張りを着けた伸びたイカのようになっていた。私は「立場が違うんだよな」と、崩壊魔と自分のことを言っているのか、脂っこいものでも食っているようなまどろっこしい口調で言って、目をぎょろつかせ緩慢に不安定に動いた。私が言ったことが一体この状況とどう関係があるのか崩壊魔には分からなかった。私は、持っていた百円ライターを崩壊魔に渡したので崩壊魔はしばらく預かっていた。しかしその理由が分からず不安だったので、その後私に返した。

守衛が力ずくで外扉をあけようとしていた。崩壊魔は焦ってムジナエレベーターの中扉を手動であけた。その間の溝には、綿ゴミや何かの紙の切れ端、髪の毛、タバコの吸殻などが溜まっていた。私はそれらを手でかき集めると、何のつもりかエレベーター内の隅に置いた。崩壊魔は、私がそれらのゴミにライターで火を付けるんじゃないかと気が気じゃなかった。

私は、「センサーが働かないから立つな」と言い、垢まみれの手で崩壊魔の髪や腕をつかみ無理やり床に押し倒した。崩壊魔はしばらくじっとして私と並んで寝ころがっていたが、このままでは危ないと思い、おもむろに立ち上がった。多分私なりにここから脱出しようとしているのだと思った崩壊魔は、私のいうセンサーに感知されないようにできるだけ背をかがめて立っていた。

外から守衛が開けようとしている外扉は、びくともしなかった。崩壊魔は「早くしてくださいよ。私がいるんです」と怒鳴った。それ以上のことは言いたくても何も言えなかった。どのような私がいて、放っておくとどんな状況になるかなんて言えるはずもなかった。崩壊魔は危機感を募らせていた。私も「早くしろ」と外に向かって叫んだ。「お前のせいでこんなことになったんだ。どうしてくれるんだ」と言って私は崩壊魔に詰め寄ったが、崩壊魔は何も言わなかった。なに言ってるんだ、お前がバウンドしたからだろうと言ってやりたかったが、すべては自分の責任になるのかと思い愕然とした。下手なことを言ったら、大変なことになる。室内は蒸し暑く、酸素が減ってきたのではないかと思えるほど息苦しかった。のどはカラカラだった。

何のつもりか、またもや私は、崩壊魔にさっきのライターを差し出したので崩壊魔は躊躇なく預かった。それから何かの鍵も崩壊魔に差し出したが、「これは持ってたら」と言って返した。その後、私はその鍵をなぜか外扉と二階フロアのすき間から外に放った。

結局、守衛は扉を開けることができずに、業者に連絡したが土曜日だったため到着は大幅に遅れた。扉を開けるやり方は、実に簡単だった。ここの守衛の無能さ加減には本当に腹が立った。業者が来る間、「時間潰しに詩教新聞でも読みますか」と守衛が言って来た時には、こいつ殺してやろうかと思った位だ。扉が開くと、私は一メートル上にある二階フロアに元気よくよじ登り脱出した。続いて崩壊魔もよじ登ろうとしたが、直ぐには腕に力がはいらなかった。しかし何とか自力で外に出た。

外に出ると、忌ま忌ましい話だが、早速崩壊魔は「申し訳なかった」と呪われた私に謝り、「この方にお不動さんのお水をあげてください」等と他の連中に言っていた。

「呪われた私の最後」、後ろの尾っぽ、つまりそれは崩壊魔自身なのだ。

崩壊魔はあの時、エレベーターの中で、私に浸潤してしまった。しかし外部的には何も変わらなかった。


私たちはいつもの居酒屋に入った。どこにでもあるチェーン店だ。私は、最近ミステリーのセミナーに通っていることを話した。「やっぱりミステリー、書きたいんだ」と土倉が言った。「今度の課題っていうのが……」私は、生ビールを注文してから試しに土倉にある記事を見せてみたが、妙案はなかった。「お前と同業者だな」と土倉は言ったきりだった。そのうちアルコールがどんどんまわり始めて何を話したかその後のことは良く覚えていないのだった。

なぜか私が以前売り払った本の中に、この事件のことが書かれてあった気がする。しかし犯人のことまではわからない。

実は、俺がやったんだ。六十歳の勝木を、看護士で詩書きの。俺たちは看護詩誌を出していた。

あれが元で恨みを買って。

あれ、誤植。

それを逆手にとって、俺は一種の作品を成立させようとしていた。作品の拡張。それがいけなかった。凌辱された勝木の詩。

勝木は、ちょっと偏屈になっていたんだ。それで喧嘩になって。

土倉に、小説を書いているなんて俺もよく言ったもんだ。

筋は俺がよく知っているんだ。なにしろ俺が犯人なんだから。


——しかし、これじゃ筋もへったくれもないな。


ちょっと待ってくれ。誰がそんなことを言っているのだ。もちろん俺のなかの誰かだ。だなんてちょっと無責任じゃないかい。馬鹿、短気起こさず冷静に考えよう。

「最初に戻ろう」と土倉が言った。「ちょっと混乱している」

「ちょっとちょっとー！」俺は慌てた。「殺人の動機からいこうか」

ぼくの人生は本当の人生ではない。ぼくは生きている感じがしない。それはまるで「精神分裂病者」の世界だ。

ぼくは常に、何かによってはばまれている、現実から隠されていると思わずにはいられない。

ぼくは歴史を信じない。そんなものが一体どこにあるというのだろう。今現在が、例えば歴史の先端なのだろうか。本当にそうなのだろうか。それは本当ではない。ぼくにはもっと先がすでに存在しているような気する。


ぼくはぼくに戻ってこないという事。そこに出血性の「恐怖」がある。


殺しでもやらなければ、生きている感じがしないように思えた。

私の、以前の詩集には「麻薬をやってみたいとやっと考えられる」とあるが、この場合麻薬とは、殺しだったのだ。

そしてそれは、本当に気持ち良かった。心身共に満たされたような気がした。


八ミリフィルムで撮影されていた、切り裂くようにもつれ合う二匹の蛸。挙げ句の果てにだらりとして父に支えられる母のCOSθの筋肉。

――このフィルムを、お前が持っていたことは許されない。勝木、お前を殺して、フィルムを見る二重の恍惚を俺は味わう。
勝木は長らく私の母をおどしていたのだ。母は勝木にレイプされ、私は、勝木の子かも知れなかった。

土倉と小説の筋について話し合うが、これと言った名案も出てこないまま、酒がどんどんまわって訳が分からなくなっていく。
「オレはさ、こういうやつを書きたいんだ」と酔っぱらって私は、ジェイムズ・エルロイの『キラー・オン・ザ・ロード』を鞄から出した。それを見て、土倉は薄笑いを浮かべていた。何を馬鹿なことを言っているんだと思っても口には出さない。私のひどいわがままを、彼はよく知っているからだ。「これは、ちょっとしたランボーの『地獄の季節』、あるいはそれ以上だ」と私は、自慢でもするように言った。

取り返しのつかない曇天の寒い寒い日。
殺人行進曲
のこりカスとしての人生

結局、現実の方が先にすすんでしまった。プロットを考えている間に犯人がつかまってしまった。しかし、果して私の想像力が本当に現実に及ばなかったのか。それは疑問だ。

犯人は無罪を主張し、そもそも事件はなかったとハチ公前で演説する。

私もこの犯人と同じように不本意な人生をおくっていた。

こんなまとまらない文章書いて、俺はいまだに看護士をやっている。イヤな仕事だがやめられない。

酔っ払いを追っ払え

酔っ払いどもが水の泡

コアセルヴェート

私は彼女が好きである。私は彼女の表面にしか触れることが出来ない。私が彼女の「内面」などと言うものを直接又は実際に見ることはできないのだ。

私に出来るのは彼女についてどんな方法であれ、私が記述したり、カメラで彼女を撮影したりすることだ。

イデオロギーのむじな、

鈍感な夜々だ。私はとぎれる。


アラン・レネの、「私」と言うものがのっぺらぼうとしてしまった『二十四時間の情事』。

しかしこの映画ではまだ「私」と言うものの向こうが示されていない。

ルイス・ブニュエルの『皆殺しの天使』の羊がついには見ている私のところにやって来る。

「あなたは、キキキキと猿のようによく動く。」
肉の中に金（かね）を入れる
んだから痛いさ

映画、

私の映像は私だけに還元できない。だからと言って私の映像ではないとは言えない、それらの映像によって私は映画を作っている。

私は映画を作る為にそれを撮るのだが、その、私によって撮られるものを作ったのはほとんどすべて私ではない。

私は今どんな映画を作っているのかはっきりわからない。

線がちらつくＴＶだ
あれじゃ、世間は渡っていけませんよ

私はそこで赤ん坊になってみせる
尾形亀之助の主題による幽霊映画もしくは、ＴＶ
私は女の重たい足をあっちにやったり、こっちにやったりして、くたくただ
終了後のＴＶだ

姫草ユリ子の一般性

ＴＶの走査線のむこうには何も見えない。延々とつながる皮膚

口から煙を吐いている男
私は勘定を払うのを忘れてしまった
確かに日本人のはずなのに何語をしゃべっているのか判らない
泣くように笑っている女たち
私はレジ係にありがとうございましたと言っている

幻影としてのペニス、クリトリス－終了後のＴＶだ

口では言えない私

きみの舌は短い

警察官が大勢道路工事をしている

「ハイ、どうも」

私は隣室に一人の女を飼っている。

なんてわびしい記述の私っ、とてちてと
「ハーイ、わかりました」「どおーもすいませーん！」

しわだらけの女陰

ぼくの胸に釘があった。そしてぼくはそれを投げるまねをした。

性病感覚

うまいものが食いたい。

アンビヴァレンス、これが弁証法をも包括するだろう。

今、今、今!

すなわち、男と女の誤った概念に関する諸問題がある訳だ。

いつかきっと、おれがそれは藤井晴美のようでもあったように、クリスティーヌであるかもしれない時が来るはずだ。

ペニス、ペニス、ペニス!

「いとも簡単に全ては終りました。御安心あれ。今の私に残っているのは出血だけです。こんな葉書を書いている自分を、いまいましく思います。『シス』という電報を打つ方が良かったでしょうか。」

ＴＶ

私は彼女を飲みこんでいる。

蠅

音も立てずその物は降り立ったのだ。彼はそれに内破され、新たに吐瀉するため攫われ、
昇天するのだ。

蠅

レース越しに光と音楽を局所に感応し、便所の壁に有史以前の太陽を見る。妙な幻覚と自給自足が哄笑の中からキイキイ鳴り、凍えた空を突き刺す。砂の陰りに脚をうずめ、彼は影のようになりながらも時々地面を焦がす核。部屋が夢見る港町の雑草に変調する。

蠅

以前、おれは真綿で目をやられた。おれは直角に光を集めた腸に最初の同化を見た。おれは股を開いた。そしておれの体毛は漂う魂の光景、沈黙を持ち上げた。おれは疎外された永久へ縮れる炎を触った。ノコギリがおれの肉だった。無償のでたらめだった。おれの手先から白い蠟の泡粒が噴き出し全身に広がり、骨髄に沈んだ見たこともない犬だ！ぼくはテレビに到達しようとしていた。体系内の不可知から綴るようにぼくを引きずった鋼鉄のキスだ！　夜の波は単なる黒だ。鳥が飛ぶ嵐の中でおれは逃げる。それは緑青の閨房、まぶたの腐蝕する時の発端、ぼくは動くな。多孔性の輸送が告げる命の下水溝、深い眠りはぼくに命題を与える。洗うことのできない絞首刑は熱がある！　任意だ。叫びが掛けるにやけたシャワー。距離は時計を破壊する。ぼくこそ顔。ブラシは研げ、狙いを白紙に向けろ、糸屑は肥大する！　目覚めは割れる！　速度は反射する！　田野がある、灯がある、四辻の絶縁、赤血球の微笑する高圧電気の走行、花咲く口腔へ、無に穴があくまで。

蠅

畳君！

黄色くなったぼくの二十年前のおちょぼ口の記憶よ、さばさばした世間話があった。河原の土手に。商店街の広告とどぎついしみったれた開店祝いの造花の花々、宝船。贋の町。炎天下のかき氷、脇の下の臭いのする暗い湿った店の中。ビー玉の暖簾は不動で不服、じゃらじゃらと濁った眼を陽に向けてへらへらしているグロッキーな光景、砂ぼこりの。下駄の音が響く。結晶した全宇宙を食っているおれのコソ泥の肋骨とギョロギョロ目玉の人生は出来合いのでたらめ話よ！　口よ、盲目の口よ、ああぼくの稲妻。縦と横にエレベーターの鎖が切れる大脳皮質のぼくの正義は死刑だ！　意識へ向かって凍える雲よ！　家々を溶かしてしまえ。皮膚は核である。横町を曲がると高架鉄道のがなりとドブの胸がずるりむけている。道路は痛いよ！　おれは今、逆発狂している。

蠅

今朝も硬い道の上に、新鮮な反吐がまかれている。朝は来た！　反吐は生身だ。大爆発するオモチャの光。ぼくは飛ぶ。硫酸の大海原。

文学とは無縁な男

彼はなぜ自殺しなかったのか？　そりゃ、する気も起こらなかったのだろう。彼を考えるうえでキリスト教など全く関係ない。ああいう男はいつの時代のどこの地域に、どんな家庭に生まれたところで大した違いなくあのような彼だ。というのはやつは何ごとにつけても癇に障るからだ。外の物を見ていても見ているだけじゃ我慢できなくて、もっと見たくておのれの眼力で握り潰して、しかもまだ我慢できない。それではまだ見た気になれないからだ。実際彼が書いたものなどやつに何の意味があったというのだろう。ああいう男は猪口才な文学的傲慢で詩を書いたわけじゃない。あいつはただ書いただけだ。彼の生の軌跡にその時、おのれの手に入れやすい形が、おのれも認め世間も認めている詩というものがおのれと類似した部分を持ったにすぎない。だから彼は商売で詩を書いているわけじゃないし、おのれの精神的形態のその時が過ぎればいとも簡単に詩を捨てることができるのは当り前だ。それが人々になぜだ？　という風な気持ちにさせるのは、彼が一種の劇的とも見える別れ方をするのは、人々が盲目である証拠にすぎない。つまり彼にとってああいったことはやつが生まれた時から続いているのであって、詩を媒介にしていたから、それが文学的価値があると見えるから、人々の注意を引いたにすぎないのだ。あいつが何も「文学的自殺」とかいうケッタイな代物をやらかしたわけでも何でもありゃしない。ああいう男は結局自分で自分をどうにかするより仕方ないという性質なのだ。

あいつがどうして言語を手に入れたか、やつのそういう心性が問題なのだ。すなわちやつは死ぬまでフレアースカートを穿いた蠅の異物感の或る方式で生きた。やつには最初に何があったか、死ぬことのように絶対なじめない心だ。何を見ても何かウソに見える心、自分がいくら、少なくとも最初は信じようとしたが、できない、実はおのれすら胡散臭く見える心があった。あいつは大体周りのものが見えてきた年頃になると、もはや孤立している。そして徐々に息がつけなくなってくると、そのころから言語に注意を向けだしている。実は言語などどうでもよかったのだが、外部から強いられ段々苦しくなって色々と精神をよじってはいたが、ついに彼にはその次の段階としての逃げ場に言語が一番手っ取り早かった。というのもそれ以前から素質というべきものによって言語に対する素地もまた同時に、外部の圧力に抗して出来上がっていた。それは一種の危機に瀕した精神の均衡の

うちに育まれ、なおかつ危機は言語により相対的に増殖していった。言うまでもなく、危機は彼が生まれた時から死ぬまで一定であり、彼は一生綱渡りをしていた。

ランボーやボードレールは綺麗事。

ぼくは神さまの癇に障ったらしい。

すべては人間のお遊び。チンケで悲しいよ。
じゃ、冗談の隙間に生きる。

何回も聞かれた。誰がモンローを殺したか。自分の出自も知らないというのに。

倦怠！　倦怠！　いけるね。お前は女だ。
おれがわからんのか。……パンツ！　パンツ！　お取替えです。

グロッキー

二〇一六年七月二〇日　発行

著　者　藤井　晴美

発行者　知念　明子

発行所　七　月　堂

〒一五六―〇〇四三　東京都世田谷区松原二―二六―六

電話　〇三―三三二五―五七一七

FAX　〇三―三三二五―五七三一

Printed in Japan

ISBN 978-4-87944-257-4 C0092